幸せについて

谷川俊太郎

芝生

そして私はいつか
どこかから来て
不意にこの芝生の上に立っていた
なすべきことはすべて
私の細胞が記憶していた
だから私は人間の形をし
幸せについて語りさえしたのだ

自分が不幸だと思っているヒトには言いたくないけど、俺、いま幸せなんだよね。歳とってカラダが重くなって、朝っぱらから昼寝をしたい気分だけど、ココロはなんか余分なものがなくなって、軽くなってる。軽いのは軽薄とは違うよ。快活っていうのが近いかな、青空みたいなココロ、でも少しは雲もある。

ココロには気持ちの山谷《やまたに》があるでしょ、訳も分からず悲しくなったり、いきなり理由もなくはしゃぎたくなったり。気持ちというより気分だね、ヒトってけっこう気分に左右されるんだよ。移り気ってコトバがあるけど、気分はお天気と同じで晴れたり曇ったり嵐になったりする。いつも穏やかな気分でいられれば、それこそ幸せってもんだと思うけど。

幸せが自分の外にあるように思うのはアホ、外にあるのは幸せそのものではなくて、幸せの理由だけ、お金とか、友達とか、地位とか、広々した自然とか、可愛い子犬とか、幸せを感じる理由は身近にいっぱいあるけど、幸せそのものはひとりひとりのヒトのカラダとココロに湧《わ》く感情の一種、それもいわゆる喜怒哀楽の感情の次元を超えた〈感動〉だから、自分のココロとカラダから湧いてくるのを信じるしかない。

胸がいっぱいになって涙が滲《にじ》んでくるような静かな幸せもあるし、人目を気にせず道で踊り出したくなる爆発的な幸せもある。後になって〈ああ、あの時幸せだったんだな〉って気づく幸せもあるよね。

成功したＩＴ長者が素敵な家で素敵な家族に囲まれている写真なんか見ると、つい羨《うらや》ましくなっちゃったりするけど、そういう人が幸せであるとは限らない。当人が自分は幸せだと感じることができたら、外の条件がどうであろうと、その人は幸せなんだ。でもこんな言い方は本当すぎて嘘っぽい。

一時の幸せ、一日だけの幸せでは、ふつうヒトは満足しないよね、幸せは長く続いて欲しいとみんな思う、これは欲張りとは違う生命の自然。継続は力なりって言うじゃない、幸せの継続は生きる力をもたらすから、日々の暮らしを無理なく快適にするのも基本的に大事だとぼくは思う。

長続きする幸せは平凡な幸せだ、言葉を代えるとドラマチックな幸せは長続きしないからこそ濃い。幸せが毎日の暮らしの低音部を担っていて、幸せだっていうことにも気づかないくらいの、ＢＧＭみたいな幸せが、一番確実な幸せかもしれない。

幸せを忘れている幸せ

いいことがあると〈いつまでも〉という気持ちが生まれてくる。いつまでも……なんかロマンチックだな。永遠とか無限とか終わりがないことにヒトは憧れる。〈死〉を終わりだと思ってるから、終わりのないことが素晴らしいことのように見えるんだね。でもぼくは死は終わりじゃないと思ってる。死は生の先に途切れずに一本道で続いているだけ、別にゴールでもなくて、仮にエンドマークを出しているだけだ。映画の物語の終わった後に現実の人生が続くように、死の後に続く現実って一体どんなものだろう？　それを空想するのは、恐ろしくもあるけれど楽しくもある。

人生というコトバで生きることを総括《そうかつ》?するのはほんとは好きじゃない。だから人生論も好きじゃない。人生はコトバで論ずるものじゃなく、生身で生きるものだから、と思ってるんだけど、生きることを考えてコトバで書くのも、飲んだり食べたりするのと同じ生きていることなんだよね。この本も図書館では人生論に分類されるのかな。

エイ！　気持ちの中で一刀両断！　行動は伴わなくても幸せ狙って気持ちでジャンプ！　気合いを入れなきゃどうにもならないってこともあるよね。母の物忘れがだんだんひどくなって、当時まだ認知症なんて病名もなかったころ、同居のぼくもぼくの家族もそれまでのようには生活できなくなって混乱した。仕事に多忙だった父に代わって、ぼくが家長役だったんだけど、毎日心の中で〈負けるもんか！　負けるもんか！〉って掛け声をかけながら、胸を張って歩くことを意識してやっていた。

時々人間語じゃないコトバを口に出すことがある、自分でも意味がわからない、意味がないことを言ったり書いたりすると、気持ちが意味から離れてリセットされるんだ。例えば……〈どでぞ、ばでど、ぎゃりずぐほん、びょのがまふん、ばじりこつんつん、とてまりよん、のさかりとん〉とか〈すーごーはーしー、たーるーみーにー、ぼーばーめーらー、しゅぼーにょーりゃ〉とか。バカバカしいことには、真面目にはない野放図《のほうず》なエネルギーが隠されている。

りんご一個……
見てるだけで幸せ

水はひとしずくでも幸せ

幸せはささやかでいい、ささやかがいい、不幸はいつだってささやかじゃすまないんだから。

人間としてこの地球という星の上に生まれて、これまで生きてきましたが、もともとぼくはただのイノチにすぎません、時にはゴキブリに友情とまではいきませんが、なんか情《じょう》を感じることがあって、そうなるとホイホイが使えないんです。

じゃれ合っている二匹の子猫を見てると、どうして幸せな気持ちになるんだろう？　子猫たち自身もきっと幸せなんだろうな、幸せってコトバは知らなくても。

子宮の中で羊水《ようすい》に包まれているとき、イノチは幸せなんだと思う。出産の瞬間は突然空気を吸ったり吐いたりしなきゃいけないから、びっくりして泣きわめくことになるんだけど、イノチは子宮の外の世界にすぐ順応するようにできているから、やがてスヤスヤ眠り始める。大人はそれを見て幸せになる。人間を含めて生きものは、幸せに生まれついているのだと思いたい。

初めに自然に幸せがあった、不幸せはその後の不自然な人間社会から現れた。

幸せは自己中《ジコチュー》です、幸せになる条件を分かち合うことができても、幸せそのものは人と分かち合うことができないから。幸せは自分ひとりのものだから、他人と比べることもできません。自分が幸せであるってことだけで、何も言わなくても他人を傷つけることだってあるんです。

どうすれば、何があれば、幸せになれるかと考えているとき、ヒトはあんまり幸せではない。

コトバには意味がつきまとうから、不幸せになりやすい、音楽には意味がないから、幸せになりやすい。

幸せなんてコトバ
ほんとは
要らない

幸せはお金で買えないというけど、お金で買える幸せもあるはず。幸せがお金で買えると思ったときは、ケチケチするな！　自分の幸せだけじゃなく、見知らぬ他人の幸せでも。

コンビニの募金箱におつりの十円玉やアルミの一円が入ってるのを見ると、侘《わび》しくなる。いつかは集まって役に立つはずだけど、身銭を切らないお金には、ヒトを幸せにするパワーがないような気がする。

幸せは一つ一つ手作りの一品《いっぴん》もの。

さっきは幸せだと思っていた、今はもう幸せじゃない、でも青空のもと輝く
雪山を見たら気が変わった！　幸せが儚《はかな》いとしたら、不幸せだって儚いのさ。

カラダが健やかなのは幸せの素《もと》だけど、ターミナル・ケアを受けながら幸せそうに微笑《ほほえ》んでいる人もいる。どうして微笑んでいられるのか、その訳はその人の生きてきたすべてにかかってるんだろうな。

幸せになることよりも、幸せであり続けることの方が難しい。いったん幸せになると、ヒトって油断するんだね。思いがけないことで幸せになれて、ラッキーって喜ぶのはいいけど、思いがけないことで不幸せになることもあるんだから幸せには[fragile]ってステッカーを貼っとくほうがいい。

幸せ度を減らさないようにするために、意識的な努力をするのも大事だけど、意識でコントロールできない無意識のココロとカラダの動きの方が、幸せを左右することが多い、幸せってけっこう厄介なものなんだ。

幸せがピンク一色だとすると、不幸せにはもっとずっといろんな色が混ざってる。だから例えば幸せを描く小説を単調にしないために、作家は不幸せの色を加える。病気の回復期のように、不幸せの後のハッピーエンドの方が、幸せ度が高く思えるから。

終わり良ければすべて良しって言うけど、ハッピーエンドでしらけてしまう映画ってけっこうあるよね、ハッピーエンドじゃない映画の方が深いと思ってしまうのは、幸せにはドラマが希薄だからなのかもしれないね。

ぼくは幸せにはあまりこだわらずに生きてきました。若いころ、年長の編集者が何かの折に「ぼくは幸せになりたいなあ、幸せだったことが一度もなかったから」と言うのを聞いて胸を打たれたことが、いまだに深く記憶に残っています。そんなに痛切に幸せを求める必要がぼくにはなかったのです。ぼくにとってそれが幸せだったのかどうか。

私、幸せじゃないんですと言う女の人がいた、じゃあ不幸せなんですかと訊いたら、いいえと言う、いったいどうなんですかと言うと〈普通〉と答える。たしかに幸、不幸を問わずに生きられる人、生きられる世の中は悪くないと思う。でもそれを〈ぬるま湯〉の幸せと呼ぶ人もいたな。

不幸を避け続けてそれなりに幸せな人、幸福を追求するあまり不幸になってしまう人、どっちが幸せなんだろう。

目の前にいなくても、その人がいると思うだけで幸せになれる、そんな「その人」がいるのは幸せだ。

ひとりの幸せ
ひとりじゃない幸せ

鍵をあける幸せがあれば、鍵をかける幸せもある。訳ありの部屋のドアの話ととってもいいし、自分のココロの話ととってもいいよ。

愛されているのは最高の幸せだけど、もしかすると愛されていなくても愛している幸せのほうが、もっとずっと深く長くヒトを支えるかもしれない。

ワタシ、ボク、ジブン……男子はほんとに幸せな時は、オレって言っちゃう。
その瞬間大人が少年に戻るのかもね。

幸せは快い、快いのは心良い、でも心が良くないのに幸せだってこともある、
不快な幸せ、黒い幸せ、自分勝手な幸せ、ホモ・サピエンスは時々嫌な奴になる。

ぼくは二十五歳で運転免許をとりました。幼稚園のころから車好きだったぼくにとって、その日は生涯最良の日で、そのとき感じた幸せはささやかだけど具体的で、とても濃い幸せでした。空想ですが地球上から戦争がなくなるという奇跡が起こったとしたら、人類は幸せになると思いますが、そのいわば一般的でどこか抽象的な幸せは、運転免許が取れた日のぼくだけに与えられたいわば特殊な幸せに比べると、ずっと薄味なんじゃないでしょうか。

あのひとが別れ際に振り向いて手を振ってくれた幸せ、どんなにセコくても
なんにもないより何かがあったほうがいい。

今日も曇り空、自分も鬱《うつ》っぽい、でも色んな形の雲のさまざまなグレイの階調を見ていたら、空は晴れないのに気持ちが晴れた。

紙幣《しへい》を数えていると、金額によってヒトは幸せになることもあるし、不幸せになることもある。数によって決まる幸、不幸はなんだか根無し草みたいだな、花も咲かないし、実も実らない、幸せは量より質だから。

英語にSEIZE THE DAYという格言みたいな表現がある。〈この日を摑《つか》め〉つまり〈今日を生きろ〉と言い代えてもいい。人間はコトバを持っているから時間を過去、現在、未来というふうに分割するけど、ヒトが現実に生きているのはこの「現在ただ今」しかない、過去も未来もコトバが作った観念なんだ。なのにヒトは過去を悔やみ未来を夢見て、今をないがしろにしかねない。スポーツ選手は試合中、今を100%生きていると思うけど、だからと言って過去、未来を無視したら練習も成り立たない。SEIZE THE DAYを刹那《せつな》主義だと考えたらそれはバツ。

若いころ読んだ小説に、長い海外生活から帰ったばかりの中年の主人公の男に向かって、以前恋人だった女性が「それで、お幸せ？」と尋《たず》ねる箇所があった。男は答えずに黙って涙をこぼすんだ。前後の筋はちっとも覚えていないのに、その場面だけがいまだに忘れられない。涙をこぼすことでしか、答えられなかった主人公の時間が、何も説明がないのに胸に迫った。

ときどき思う、死んでからヒトは、生きていたことが、生きているだけでどんなに幸せだったか悟るんじゃないかって。

「不幸」というコトバを辞書で引くと「家族・親戚の人などの死」という意味が出てくる。不幸＝死、死＝不幸という等式はいつ成立したんだろうね。ぼくは必ずしも死を不幸だとは考えていない。人には「お身内にご不幸がおありになったそうで」などと挨拶《あいさつ》することもあるけれど、死＝不幸なら、生＝幸福なはずなのに、知り合いに赤ん坊が誕生したときに「ご幸福おめでとう」と言う習慣がないのはなんだか不公平だ。

若いころは知らなかった幸せを、歳とってから知ることがある。例えば膝《ひざ》の痛みを和らげる薬の大きな広告を見たりすると、膝が痛くなくて幸せだなあと思う。昔は例えば歯が痛くなったら歯医者に行くだけで、痛みがなくなったときに元に戻ったと思うだけ、幸せだなんて思わなかった。近ごろは朝ベッドで目覚めて、どこも痛くないとそれだけで幸せだと感じて、そのことを詩の題材にしたりする。老いると生きていることに対して謙虚になるな。これは老いの長所のひとつかもしれない。

〈多幸症〉というのは、いつも上機嫌でいられる状態だからいいなと思っていたら、躁《そう》病みたいに病気(euphoria)なんだってね。そこまで上機嫌でなくても、自分が機嫌がいいと幸せだし、他人の機嫌がいいのを見るのも幸せだから、機嫌をバカにしちゃいけないなあと思う。

幸せには退屈という一面がある。これは必ずしも歓びと矛盾しない。

百歳を超えるヒトが増えている。まだ誕生日には〈HAPPY BIRTHDAY〉を歌うのだろうか、とちょっと意地悪なことを考えてしまう。おめでたいのと幸せなのはどこかずれている。

若いころ友だちと「幸せくらべ」をして遊んだ。〈トンボと蝶《ちょう》はどっちが幸せか〉〈水と氷はどっちが幸せか〉〈リンゴとナイフはどっちが幸せか〉他愛ないおふざけだけど、答えが人によって違うのが面白く、そこから自然に幸せ論議が始まったりしたのが懐かしい。

難民の病んで飢えている子どもたちを見て、どうにかしたいと思って赤十字に寄金する、そのときのちょっとした自己満足を、小さな幸せと感じてしまっていいものだろうか。

幸せというコトバが、いたるところで一人歩きしているのを見るのは幸せじゃない、不幸せに負けそうな幸せが無理して頑張っている、ような気がするから。

好きなのは自分だけだと秘密にしていた昔の三流映画を、憎からず思っているあの人も、その映画が大好きだと知ったときの幸せは、ささやかだけど未来に続くような気がする。

大きな幸せより深い幸せ！

英語ではラッキーとハッピーは違うはずだけど、日本語だと両方とも〈幸〉の字が付いてくるから、同じようなもんだと思ってしまう。でも幸運は神頼み、幸福は自分頼みなんだよね。凄腕《すごうで》のギャンブラーはそのあたりの使い分けが上手いんだろうな。

誰にも頼らずにこの幸せは自分で掴んだのだ、人には言わなくても内心そう思ってるヒトはいると思う。そういう人でも親の恩と他人の情とかは、どこかで感じているのではないだろうか。幸せの始まりが自分の誕生にあるのだとしたら、自分にイノチを与えてくれた両親のおかげをこうむっているのは否定できない。ただふつうヒトはそれをあんまり意識しないし、親との関係が良くない場合は、自分の人生は自分一人で創ってきたのだと思いたくなる。でもホモ・サピエンスは群棲《ぐんせい》動物だから、生まれた直後から立って歩くようなことはできない。どうしても他の存在に依存せざるを得ない。他の存在が親であるのがふつうだが、見知らぬ他人だったり、稀《まれ》には他の動物であったりすることもある。生い立ちからして厳しい環境に生まれ育った人は、早くから自立してきたのだと思うかもしれないが、否応《いやおう》なしに他に依存ないし、他と協力して生きざるを得ないのが人間で、幸せもその事実と切り離せない。

好き嫌いは誰にでもあると思うけど、〈好き〉という感情ないし気分でスタートするのは、〈嫌い〉でスタートするより、はるかにスムーズに物事が運ぶと思う。でも自分一人の時はいいけど、他人と一緒の仕事とか会議とかで複数の人間が絡《から》んでくると、〈好き〉で幸せに事が運ぶということはまずないから、そんな些細《ささい》なところにも政治的な要素を意識することになるんだね。

突然ですが、ぼくはインドア・プレーンという模型飛行機が好きなんです。作った経験も作る技術もないので、ときどきテレビなどで見てため息をつくだけなのですが、繊細な空気のように軽い機体が、空中に浮いてゆっくり室内を周回しているのを見るのが、つかの間の幸せ。

好きなもののことは、私有しなくても見るだけ、聞くだけ、考えるだけで幸せになれる。これは他の生物にはない人間の幸せな特質ではないか。

物書きには椅子と机が大切なので、ぼくも自分に合う机（デスク）と椅子を手に入れる苦労は惜しみません。ここ何年か詩を書くのが幸せの一つになっているのですが、インスピレーションが湧いたら喫茶店で紙ナプキンに手書きとか、歩きながらiPhoneに録音するとか、そんな派手なことはしません。さあ、詩でも書くかとなったら机の上のマックの前に座って、一本指で訥々《とつとつ》と一行一行書いてゆきます。締め切りがきつかったりすると嫌気がさす時もないではありませんが、原稿の依頼があるということは、自分が他から求められているということで、それが自分を幸せにしてくれるんです。

不幸ではないから幸せという受動態の幸せがある、何もないところから、何もないので何故か幸せという能動態の幸せがある。

何かが始まる幸せ、何かが終わる幸せ。ヒトは毎日違う幸せをそれと気づかずに味わっている。

「今日の心はどうしたものか
とびあがりはねあがり
とどまるを知らない

歴史は日々のもと色うすれ
和綴じの糸もばらばらだ
とにかく今日みたいな日は
過去を想うには明るすぎ
歴史を読むには楽しすぎ
創造せずにはいられない

空想はつばさをひろげ
連想は花の輪となり
この欲求は全くの奔放《ほんぽう》
今日の心は全くおかしい
とびあがりはねあがりとどまるを知らない」

一九四九年十二月、十八歳の時に書いた詩です。生きることが新鮮で驚きに満ちていた年頃でした。

「ココロはひそかに思っている
コトバにできないグチャグチャに
コトバが追いつけないハチャメチャに
ほんとのおれがかくれてる」

〈とびあがりはねあがる心〉が穏やかになった八十代にこう書いたことがあります。真偽、善悪、美醜、賢愚などの反対語（antonym）の両極のあいだ、その矛盾《むじゅん》と曖昧《あいまい》さにこそ現実はあるということが、腑《ふ》に落ちてきたのです。

日本がアメリカと戦争していたなんて想像もつかない人たちもいるけど、一九三一年生まれのぼくは、米軍機の空襲を東京杉並の自宅で体験している世代。空襲警報のサイレンが鳴ると、役に立たないと知りながら庭に掘った防空壕に入るわけ、眠くて嫌なんだけど、それが不幸せという認識はなかった。でも警報が解除されて布団の中に戻れた時は、幸せって感じたんじゃなかったかなあ。子どものぼくでさえそうだったんだから、戦争でひどい目にあった人たちは、どんなにささやかであっても平和であることの幸せを、骨身に徹《てっ》して知っているに違いない。

夜になって家事を終えた母が「寝るより楽はなかりけり」って言うのを何度も聞いた覚えがある。寝るのが惜しい、ずっと起きていたいという人もいるようだが、ぼくは不眠を経験したことがほとんどないので、ベッドにもぐりこむ時が最高の幸せ。眠ると意識がなくなる、それは自分を失うことだから、死につながることだから、確かに恐ろしい一面がある、けれど自分というこの面倒くさい存在を意識せずに済むのは、少なくともぼくにとっては一種の幸せであるようにも感じられる。

先進国の人間の飽食《ほうしょく》の幸せと断食《だんじき》の幸せはどう違うのか、最終的には脳が幸、不幸を判断するのだろうが、そう割り切ってしまうナニ学か知らないが、学問というものが果たして人間を幸せにするものなのかどうか。飽食してる人々は断食によって我が身を健やかにしようと試みるが、食べる物もままならない暮らしから抜けられない人々は、腹一杯食べることなど見果てぬ夢だろう。こういう抽象的な幸せ談義が滑稽《こっけい》に思えるような現実が、この世界には大昔から続いている。

幸せは時に行儀が悪い

オペラ歌手がドラマチックに朗々と幸せを歌い上げるのを聞くと、音楽の助けを借りた幸せのイメージにだまされまいと思ってしまう。

幸という漢字は手にはめる手枷《てかせ》の形からきていて、たまたま手枷を外されるという思いがけない幸運つまり「僥倖《ぎょうこう》」がもともとの意味だったらしい。天皇が出かけることを行幸《みゆき》と言うのも、それもふだんはないことだったからだろう。幸せが滅多にない珍しいことだったとすると、気軽に〈幸せはささやかがいい〉なんて言ってるのは、昔と違って今は「幸」がインフレーションを起こしているからかもしれない。

読みたいと思っていた本を見つけて、手にとって、カバーを見て、ページを開いて（匂いを嗅《か》いで）、レジへ持って行く幸せが失われつつあります。あなたはこの本をどんなふうに手に入れたのでしょうか。誰かからのプレゼントだったらそれも幸せ、図書館で借りてきたというのも幸せ、道で落ちていたのを拾ったとしたらそれは僥倖、要するに本というのは人に何かを教えたり、情報をもたらしたり、楽しませたりすることで、人を幸せの方向に導くものだと思うのです。

あとがき

最近歳をとってきたせいか、過去も気にならなくなったし、未来も気にならなくなってきました。過去の記憶がぽろぽろこぼれ落ちているから、いろいろ訊かれてもすぐに思いつかない。でも、これも幸せというものの一つの要素なのかもしれません。

つまり、過去が気にならない、未来も気にならないで、「いま・ここ」に在る。

これが、ぼくが考える幸せの基本形です。

幸せについて語ろうとすると、ともすると抽象的で観念的な、スケールの大きな「幸せ」についての話になりがちですが、ぼくは基本的に「幸せ」というのは、とても個人的でプライベートなものだと思っています。

だから本当は、「幸せ」について、そんなにはっきりと言葉で定義できるはずはないんです。でもこの本ではあえて、ぼくがいま考えている「幸せ」について、言葉で探ってみようと試みました。

ウォーコップというイギリスの哲学者は、生きることを「死を回避する挙動（death-avoiding behavior）」と「生きる挙動（living behavior）」の二つに分類しました。我々現代人の日常的な行動の大半は、「死を回避する挙動」から成っています。だから「癌になったら怖い」とか「まだ死にたくない」とか、そういう不安や恐れの気持ちが出てくる。でも本当は「生きる挙動」のほうがずっと大切で、これはなんだか訳がわからないけれども、自分の内面から湧いてくるエネルギーのようなものなんです。

本当の幸せというのは、そういうふうに、なんだか訳がわからないけれども自分の中から湧き出てくるものだというふうにぼくは考えています。それは人間の感情というより、イノチというものの持つエネルギーなのかもしれません。

そういった「自分の中から湧き出てくる幸せ的なもの」というのは、毎日の暮らしの中である秩序を守って生活していると、本来はイノチの自然として、湧いてくるものなのではないでしょうか。

「幸福は、人間が追ひ掛ける物ではない、人間が所有する物である。所有しなければ、たゞ言葉に過ぎぬ。」

フランスの哲学者アランの言葉を、小林秀雄はこんなふうに翻訳しています。ぼくもよく幸せなんてただの言葉にすぎないと思うことがあります。もし幸せというコトバがなかったら、ヒトは不幸せになることもなかったかもしれない。アランはまたこうも書いています。

「遠くから想像してゐるうちは幸福もいゝが、幸福は捕へようとすれば消えて了《しま》ふものだ、とよく人は言ふが、これは曖昧な言葉だ。」

幸せについて語る言葉は掃いて捨てるほどありますが、どれも明快なものではありません。幸せという美しい蝶は、ピンでとめて標本にすることが出来ないもののようです。

二〇一八年十月　　谷川俊太郎

谷川俊太郎
たにかわ・しゅんたろう

一九三一年生まれ。一九五二年第一詩集『二十億光年の孤独』を刊行。詩作のほか、絵本、エッセイ、翻訳、脚本、作詞など幅広く作品を発表し、近年では、詩を釣るiPhoneアプリ『谷川』やメールマガジン、郵便で詩を送る『ポエメール』など、詩の可能性を広げる新たな試みにも挑戦している。小社刊行の著書に『生きる』（松本美枝子との共著）、『ぼくはこうやって詩を書いてきた』（山田馨との共著）、『おやすみ神たち』（川島小鳥との共著）、『対詩　2馬力』（覚和歌子との共著）、『あたしとあなた』『こんにちは』『バウムクーヘン』がある。

公式ホームページ
www.tanikawashuntaro.com

本書は書き下ろしです。
カバー・本文の手書き文字は、著者自筆です。

幸せについて

2018年12月15日　初版第1刷発行
2025年3月6日　初版第12刷発行

著者　谷川俊太郎

ブックデザイン　名久井直子
編集　川口恵子

発行人　村井光男
発行所　株式会社ナナロク社
〒142-0064 東京都品川区旗の台4-6-27
電話　03-5749-4976
FAX　03-5749-4977
URL　http://www.nanarokusha.com
振替　00150-8-357349

印刷・製本　中央精版印刷株式会社

ISBN 978-4-904292-84-6 C0095